U0135437

室内设计之
酒吧及夜店 设计篇

奚 亮 主编

天津大学出版社
TIANJIN UNIVERSITY PRESS

图书在版编目（CIP）数据

室内设计之酒吧及夜店设计篇 /奚亮主编. — 天津：天津
大学出版社，2012.1
ISBN 978-7-5618-4225-6

Ⅰ．①室···Ⅱ．①奚···Ⅲ．①酒吧—建筑设计—中国
—图集②文娱活动—公共建筑—建筑设计—中国—图集
Ⅳ.①TU247.3-64②TU242.4-64

中国版本图书馆CIP数据核字（2011）第239274号

总　编　辑：上海颂春文化传播有限公司
执行主编：奚　亮
责任编辑：油俊伟
美术编辑：孙筱晔

出版发行　天津大学出版社
出 版 人　杨欢
地　　　址　天津市卫津路92号天津大学内（邮编：300072）
电　　　话　发行部：022—27403647　　邮购部：022—27402742
网　　　址　publish.tju.edu.cn
印　　　刷　上海瑞时印刷有限公司
经　　　销　全国各地新华书店
开　　　本　230mm×300mm
印　　　张　16
字　　　数　156千
版　　　次　2012年1月第1版
印　　　次　2012年1月第1次
定　　　价　238.00元

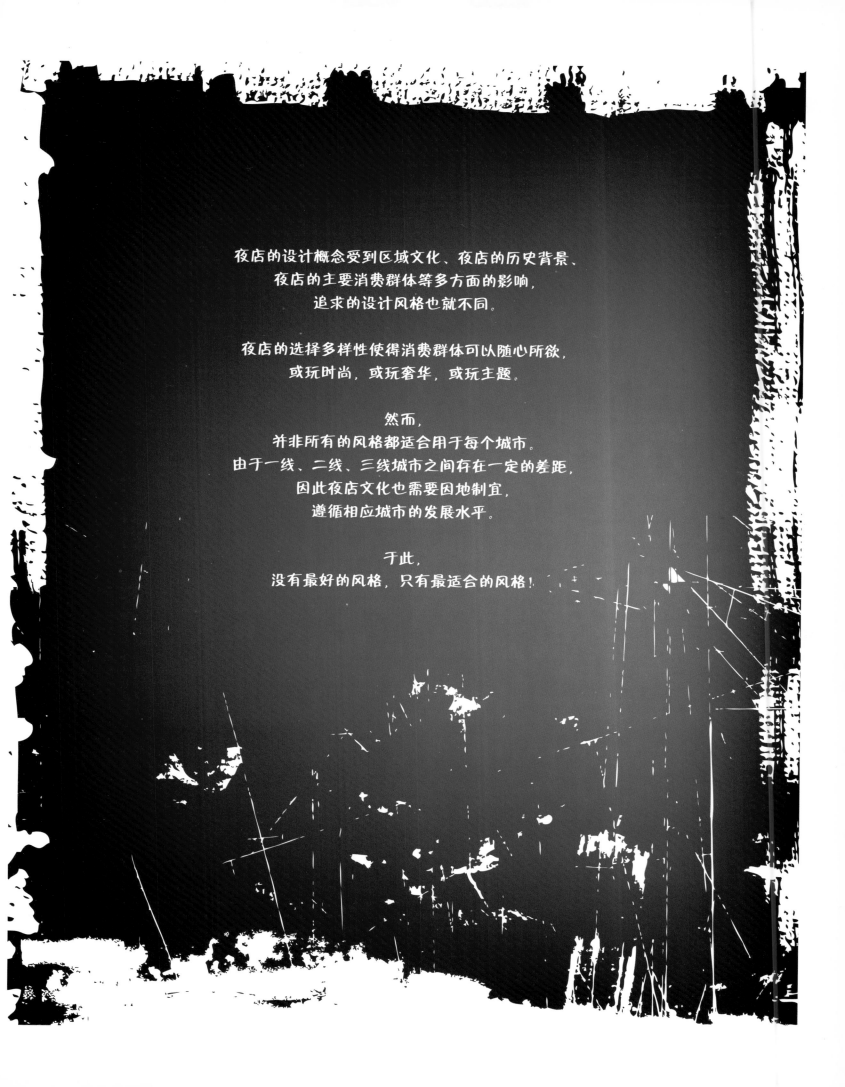

夜店的设计概念受到区域文化、夜店的历史背景、
夜店的主要消费群体等多方面的影响，
追求的设计风格也就不同。

夜店的选择多样性使得消费群体可以随心所欲，
或玩时尚，或玩奢华，或玩主题。

然而，
并非所有的风格都适合用于每个城市。
由于一线、二线、三线城市之间存在一定的差距，
因此夜店文化也需要因地制宜，
遵循相应城市的发展水平。

于此，
没有最好的风格，只有最适合的风格！

CLASS

EXAMPLES DESIGN

ICAL

OF INTERIOR

酒吧

郑州Gaga

项目地点：郑州

项目面积：600 m²

设计单位：上海彼得室内设计公司

设计总监：彼得

主要材料：黑、白大理石，LED，树脂电镀浮雕，仿皮纹砖

郑州Gaga无论对于酒吧还是设计师而言，都是一场色彩的革命。本案的装饰设计师没有沿用夜店常用的彩色元素，而是以国际象棋棋盘作为设计理念，大胆地以黑白饰面作为一种设计的主题。之所以这么做，是因为黑与白最容易染光，用这两种颜色做设计能让空间更好地展示舞台灯光的变化，让顾客直观地感受到每一次灯光颜色变化所带来的不同感受。作为一个新古典主义与时尚潮流混搭的酒吧设计，设计师通过郑州Gaga向消费者充分传达了何为摩登、现代时尚和感性。

除了色彩，本案还有两个设计亮点。一是本案的所有墙面和地面均用不同颜色和不同材质的石材来铺装，整个空间装饰没有任何木头，却丝毫不让人感觉冷、硬，反而充满着摩登和时尚。二是酒吧中央吧台上的巨型吊灯是设计师用倒悬的高脚酒杯和LED灯自行组合而成。这一设计不仅别出心裁和壮观，更充分体现了酒吧的现代时尚和感性。

无怪乎，郑州Gaga已经成为当地摩登、现代时尚和感性的代言地。

平面图

神话一号

项目地点：张家港
项目面积：700 m²
设计单位：上海彼得室内设计公司
设计总监：彼得
主要材料：铁艺，木雕，实木板

　　处在当今社会，很多人在人前虽然都犹如贵族般地昂着头，充满着自信和高傲，但在这背后往往是无穷的孤寂和落寞。也许，每个人的伤感来源都会有所不同，工作、生活抑或是感情都会让人受伤。但相同的是我们都需要找一个合适的地点在适合自己心境的环境中慢慢抚慰自己心中的痛或者不快。

　　神话一号中大量充斥着不再工作的齿轮、管道、阀门、压力表等工业元素，都仿佛是在提示人们这是一个无比失落的世界，辉煌早已成为过去，而氤氲的灯光则更将这份伤感弥漫给空间中的每一个人。那么，我们就该如此沉沦而一蹶不振下去吗？不！酒吧中展示着的萨克斯和竖琴配合着背景音乐告诉在场的每个人：抬起你高贵的头颅，喝杯酒，在优雅的音乐中忘记那些曾经的辉煌和失落吧，过去的一切注定了她永远只能停留在时间的仓库中。换个心情，振作精神，调动起每一份自信，继续在漫漫人生路上打拼。犹如酒吧中的那些工业设备，启动它，它会带给你不一样的辉煌，而昏黄的灯光也会在此时触动你心灵最深处的那份温暖。因为，在这里，你找回了心中的自我！

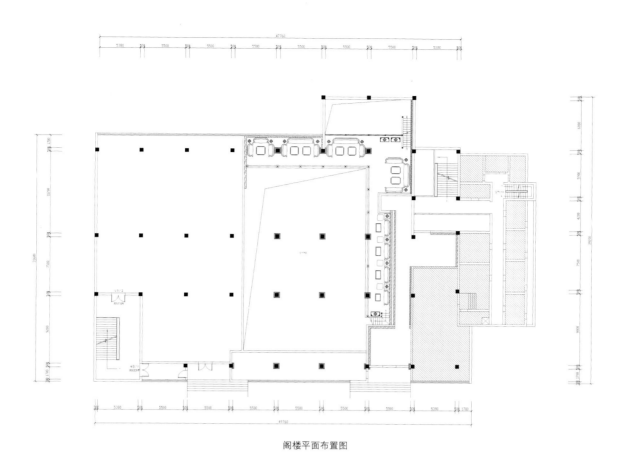

阁楼平面布置图

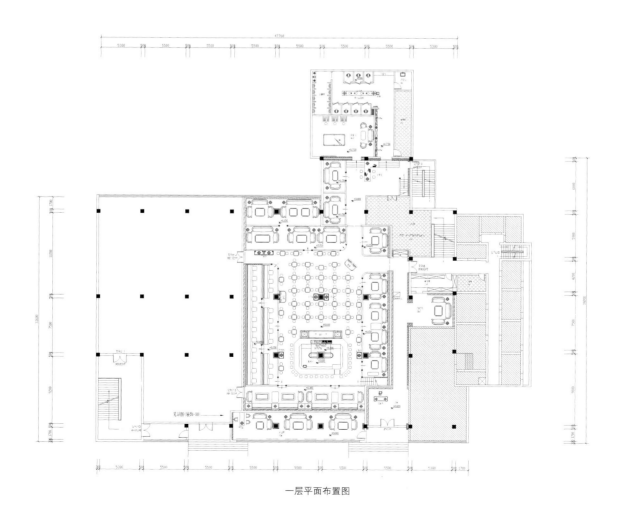

一层平面布置图

红酒吧

项目地点：	广州
项目面积：	80 m²
设计单位：	纳索建筑设计事务所
设计总监：	Marcelo Joulia
主要材料：	玻璃，人造皮革，不锈钢，金属织物，马赛克，镶木

　　在精确理解了Mouton Cadet的品牌价值后，纳索建筑设计事务所为这个世界著名的红酒品牌酒吧带来了一个与众不同的空间氛围，使得品牌的内涵得以显露。

　　Mouton Cadet酒吧的设计理念来源于对旅行的邀请。旅行中的故事委婉道来品牌的国际声誉。

　　所有的酒吧元素回顾了一个潇洒的旅行者在旅途中经历的特殊时刻和感觉以及一些他去过和正在寻找的、与众不同的氛围或精致的场所。旅行中发生的事情被记载在墙和地面、艺术绘画、木制地板、铜器和天鹅绒纺织物上。

MOUTON CADET
wine bar

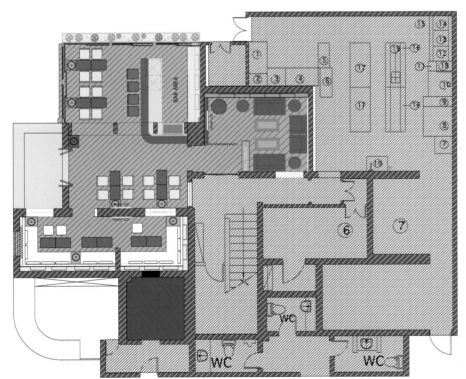

平面图

纳索设计了一个现代而又优雅的酒吧，体现了Mouton Cadet品牌独具一格的吸引力。被精选石材和黄铜包装的开放式吧台，烘托出Mouton Cadet品牌的优雅。酒吧的主要区域向室外的天台延伸，周围被高耸的竹子围绕，营造了和谐的氛围。开放式的大堂沙发区可以使来访者体验到红酒悠久的历史文化。带有品牌标志的镜面装饰延伸至这两个区域的天花。

Mouton Cadet酒吧设有一个VIP区域全部展示 Rothschild系列的红酒。作为红酒世界中最具传奇色彩Baron Philippe de Rothschild品牌，室内空间的设计需体现真正高档和独有的内涵。特别定制的皮质沙发区可以让客人放松享受 Rothschild 绝妙的风味。经典家具和成熟的设计营造出了舒适而私密的空间。在这里所有的细节，包括金属织物、马赛克、镶木均烘托出品牌的贵族气质。

Mouton Cadet酒吧不仅是对旅程的追述，更是一次通向优雅红酒文化中心的旅行。

Paternina红酒馆

项目地点：佛山湖景路天湖丽都商业街30座P8

项目面积：260 m²

设计单位：墨象设计顾问有限公司

设 计 师：梁宇曦，梁昕

主要材料：红色玻璃，黑钢

  Paternina是客户代理的一个西班牙红酒品牌。酒馆文化，已成为西班牙人生活中不可缺少的一环。空间如同城市文化的缩影，客户希望透过欢愉悠闲的空间氛围使来宾们可以尽情品酒，于是设计围绕"煽情"开展。由西班牙红酒联想到热情，由热情联想到斗牛，又由斗牛联想到那块不可或缺的红布。于是，设计赋予这个以"红"为主题的酒馆极具感性的特质，丰富的感官体验，让人串联出难忘的空间记忆。

  设计师在保留及尊重建筑外貌的前提下，外观仅仅做了低敛的整修设计。一盏三层高的黑色艺术吊灯悬于入口处的空中，为全场焦点——首层楼梯位置的大红背景做好了出场的铺垫。大红背景前的不规则造型黑钢的运用建立起整体空间的韵律，回应本案感性的特色。透明玻璃及古铜细节收边结合的酒架则让首层空间拥有更多的层次，带出了另一视觉焦点。马蹄形的接待柜台，呼应着主要焦点的感性体验，形成了互相点缀的最佳效果。二层设置了功能各异的VIP房间，过道的休闲座区作为开放式包厢，二层的室内空间是利用入口处的挑空区联系起各场景互相对望的视野。在微暗的空间里，延伸的大红背景以及黑钢镜面、花卉图案墙纸，随即联动出的视觉惊喜再度把空间里的感性表情刻画了出来。

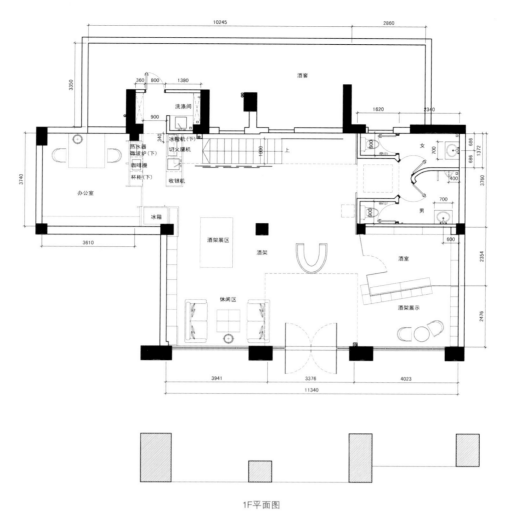

酒窖

洗涤间

冰粮机(下)
切火腿机

蒸水器
微波炉(下)
咖啡机
杯柜(下)

办公室

收银机

冰箱

酒架展区

酒架

休闲区

女

男

酒室

酒架展示

1F平面图

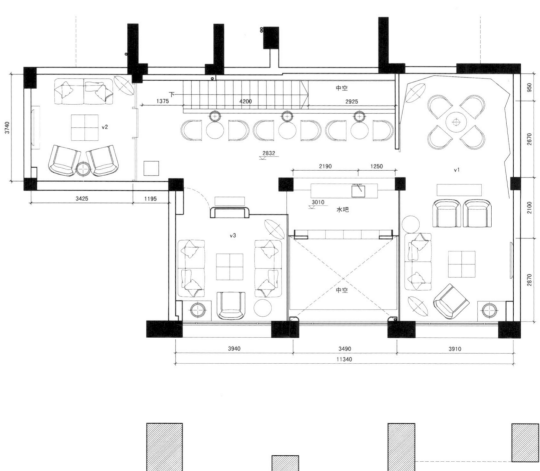

2F平面图

成都仁恒置地香浓酒吧

项目地点：成都

项目面积：240 ㎡

设计单位：四川创视达建筑装饰设计有限公司

设 计 师：张灿

主要材料：杜邦人造石，LED灯管，木地板

　　该项目地处成都目前最时尚的高档商业区内，坐落于成都最高级的商务写字楼。可以多功能、多时段地使用，而兼具时尚与高雅的氛围便成了项目的主要设计诉求。

　　从外观看，整个香浓酒吧宛若飘浮在楼间的精致太空仓，墙体幽幽泛出纯净的白色光芒，流线型的外立面精美细腻。造型独特的橱窗式玻璃及入口，形成了打破传统的内外对话。

　　内部空间摒弃了通常的"平直网格"布局方式，采用了斜线与不规则的几何形体，线与面呈现出一种"斜拉"的张力。

　　整个空间的节奏变化非常有序：从外廊的可能性空间，向内产生吸附力与指向化的空间，室内则形成情节化空间，最后回到室外平台的舒缓化情绪空间。空间的蔓延丰富而性感，气场极大。

　　在灯光上，鹅黄色与冰蓝色作为主色调充分表现出高雅与奢华的气质，并极富有空间秩序，还达到了界面产生和空间划分的效果，高贵而不张扬。

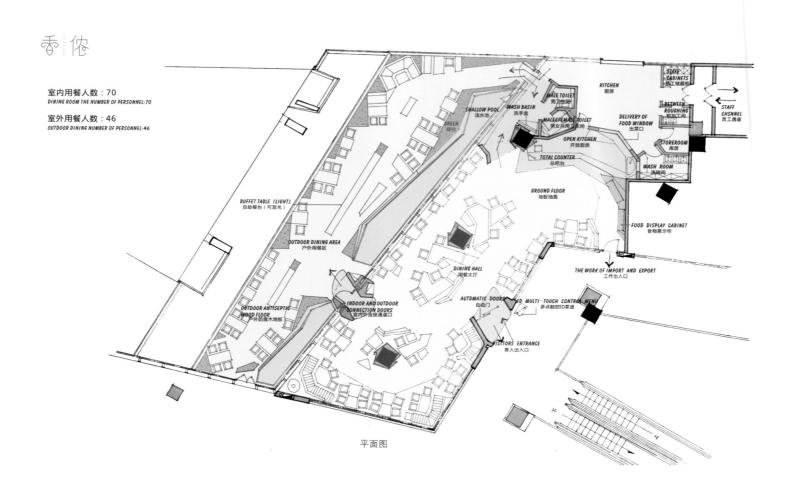

香俊

室内用餐人数：70
DINING ROOM THE NUMBER OF PERSONNEL:70

室外用餐人数：46
OUTDOOR DINING NUMBER OF PERSONNEL:46

平面图

唐会酒吧

项目地点：山西大同

项目面积：2 000 m²

设计单位：北京百略装修设计顾问有限公司

设 计 师：卢佑斌

主要材料：有色金属，树脂，进口大理石，工艺玻璃，皮革，艺术墙纸

    唐会酒吧地处山西大同市商业繁华地段，投资1 800万元左右，消费群体主要面向年轻人与成功人士。设计师以有色金属、树脂、工艺玻璃等材料营造出一个高级的慢摇吧，R&B设计风格，实现了将超现代风格与奢华古典文化的融合及碰撞，创造出精细却又时尚的空间美感。

    从设计效果上看，唐会酒吧注重灯光与音响的效果。酒吧大厅顶部悬浮着一颗机械球体，在酒吧气氛达到高潮之时，可以开启球体内隐藏的另一组特殊灯光效果，借此达到不同灯光交相辉映的独特美感。

    在功能设计上，从灯光炫目的大厅，到光影深沉的包厢，两种不同氛围的空间，让不同层次的消费者拥有更多的娱乐选择。

    此外，进门处的复活节面具与令人眼花缭乱的激光照明效果，给人一种亦幻亦真的朦胧美感，配合吧内错落交叠的灯光、流光溢彩的空间设计效果以及古典与现代韵味的贯穿，充分体现着夜生活的神秘文化气息。

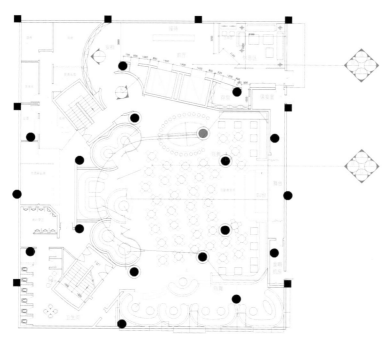

酒吧大厅平面图

酒吧大厅夹层平面图

阿玛尼酒吧

项目地点：上海浦东新区

项目面积：1 188 ㎡

设计单位：上海景光室内空间设计创意坊

设 计 师：李景光

主要材料：不锈钢黑镜，LED灯条，镜面马赛克，大理石

本案设计定位为现代时尚音乐酒吧，因此设计手法及表现形式力求出新。

徐徐推开两扇高耸的黑色大门，映入眼帘的是绯红色的酒吧过厅，穿过用黑色镜面衬以紫色镜面马赛克贴面的L形走廊，豁然出现的是由LED照射下水晶般的彩虹门连通的近800 ㎡的音乐酒吧大厅。

大厅墙多色镜面及LED变频灯光使空间变幻出无限多彩的灵动莫测、如浩瀚宇宙般的震撼效果，这里无限的空间和变幻的色彩，让客人有兴奋、心动的欲望，豪华包间用抽象前卫的气氛带出新潮年轻的感觉，设计师巧妙地运用马赛克使包间达到感官的独立与连贯，流动的间断没入不同的区域中，以另一种瑰丽的姿态浮现，总能带给人惊奇。音乐酒吧截然不同，让感官神经在幻乐的包围中渐渐兴奋，然而在不经意的抬头低首中便能发现，无论是在流动的天花上，还是在透明的卡座间隔的花纹上，人们都可看到各种彩虹般的延伸。

每一个独立的卡包穿插交错成型，走廊便自然而然地出现，设计师用柔和舒适的光感交叠映射在造型独特高雅的墙面上，通过光感与材质的对比，展现出内心的情感，充满生命力和感染力。

另外设计师还特别采用了构成的设计手法结合新元素，力求让整个空间的娱乐气氛和艺术气息互补互存，产生共鸣。流动的线条魔术般地勾勒出空间的神秘感。变幻的灯光如同一剂兴奋剂，给周围的空气注入了无限活力。如身临其境，那一夜，那一刻，也许早已注定不平凡……

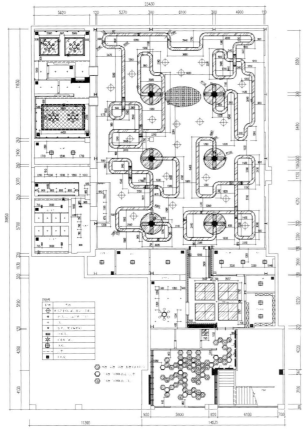

一层夹层布置图

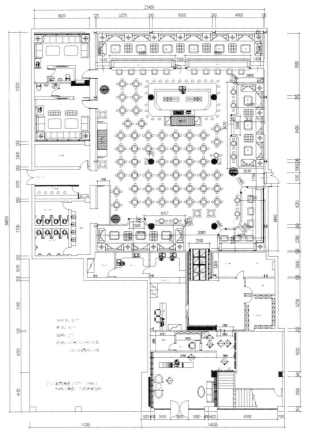

二层平面布置图

临安1978酒吧

项目地点：临安市	
项目面积：1 200 ㎡	
设计单位：杭州肯思装饰设计事务所	
设 计 师：林森	
主要材料：实木板，木雕花，镜面不锈钢，木雕花柱，	
实木线条，石材，钢管，铜装饰	

　　酒吧空间内充满了古典的主题韵味。与此同时，Loft的细节也随处可见，由此形成了微妙的厚重感与令客人一目了然的高档感。

　　在这里，东方元素与西方文化巧妙地融合。拼花马赛克、水晶吊灯、罗马柱和镜台搭配和谐有序，交织着浪漫轻快的空间之美，凸显出唯美鲜活的创作灵感。

　　局部的建筑拱顶、精致的雕刻，在奢华与古朴的背后又隐约浮现着现代的时尚气质。

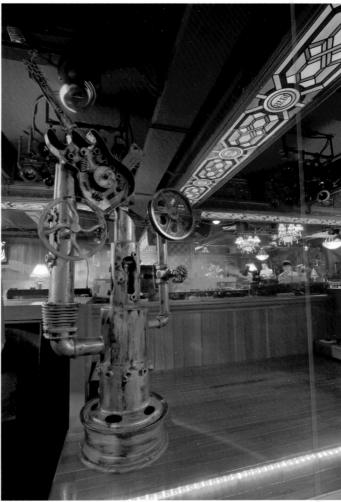

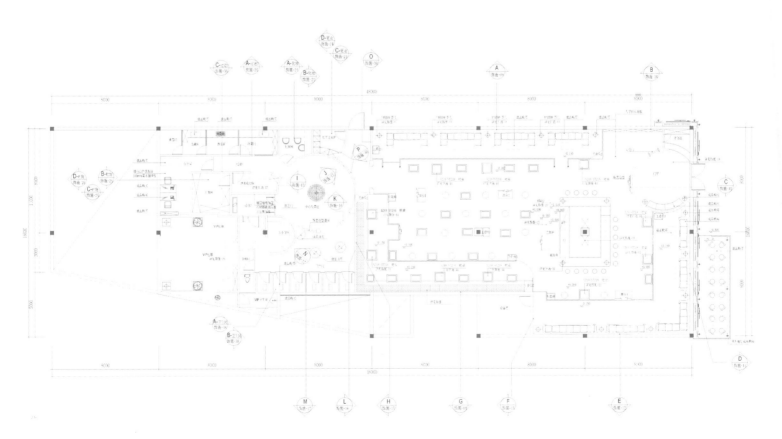

平面图

Cat Walk酒吧

项目地点：昆明	
项目面积：1 312 ㎡	
设计单位：广州筑汇设计有限公司	
设 计 师：郑天	
主要材料：大理石，玻璃，石膏板，皮革，LED，不锈钢	

　　昆明财富广场位于昆明市中心的繁华商业地段，该处的Cat Walk被冠以"灿烂在市中心的玫瑰花"的动人称号。它是一座以水泥钢筋结构改成的圆形两层独立建筑物，外面被圆形的钢架结构包围，再加上钢架内嵌鲜艳紫红色霓虹灯，无论远看或者近视都有一股摄人的魔力。

　　酒吧设计将原本毫无关系甚至是矛盾对立的元素，经过奇妙的组合，即产生了出人意料的效果！色彩妖艳的软包、耀眼的透光玻璃、冰冷的石材及金属，这些材料经过色彩上的精心处理，又呈现出另外一种惊艳的效果，将这里的气氛表露得妖艳无比！同时也透出一种率性而惬意的舒畅韵味，使之像艺术珍品般令无数目光为之停驻。这里的每时每刻都舞动着时尚的气息，给时尚人群的眼球以大块朵颐的痛快与强烈的视觉冲击！展现出令人耳目一新的风姿，绽放出无与伦比的光芒！

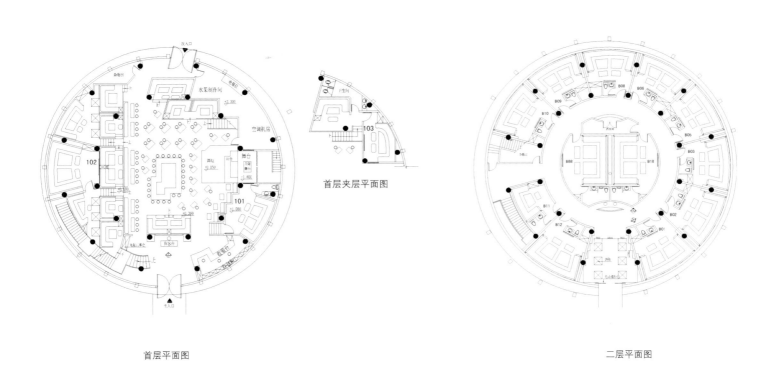

首层平面图

首层夹层平面图

二层平面图

哥顿酒吧

项目地点：上海市嘉定区

项目面积：300 ㎡

设计单位：上海纽尔建筑装饰设计工程有限公司

设 计 师：梁正国，吴超，周伟

主要材料：黑檀木夹板，装饰红砖，铜皮

　　该项目坐落于上海嘉定区，建筑面积为300 ㎡，原层高为6 m，为满足功能需要，加建出二楼包厢区，以满足不同客人的需要。

　　在现代生活节奏逐渐加快的日子里，白天人们沉稳、庄重、举止淡雅；到了晚上似乎要寻找一种可以宣泄的途径和地方，于是，朴实、低调、无过多修饰的复古风格作为整个哥顿酒吧的基调，让人们重新回归到自然，进入到一个与白天所接触的完全不同的场所，在这里可以忘却自我……我们通过巧妙的空间划分、大胆的材料搭配和精心的细节处理，以使"她"在客人眼中显得那么的温馨、亲切、舒适，却又充满了魅力和诱惑！

　　一楼大厅设计的环形吧台，造型别致，不仅提供给客人较好的交流空间，也可以更好地展示各式美酒；临近的舞台区专为菲律宾乐队演奏而设，在环形吧台区品味着美酒、聆听着音乐，劳累了一天的客人彻底洗去一身的疲惫。挑高的共享区，顶面设计木梁装饰，吊灯亦采用仿古吊灯，以增加她的神秘感。

　　通往二楼的楼梯墙壁上，随意挥洒的以"美酒"为主题的涂鸦，引导着攀爬者的脚步。二楼是包厢区，为客人提供了较好的私密空间，圆拱形门的造型别具一格，开门的一刹那，有种穿梭时空的感觉，包厢内配有仿古的壁灯，漆面斑驳，仿佛经过了几个世纪一般；墙面装饰有复古壁纸和涂鸦，再加上铜皮包饰的粗大木结构装饰梁，令人仿佛置身于古堡里一般。

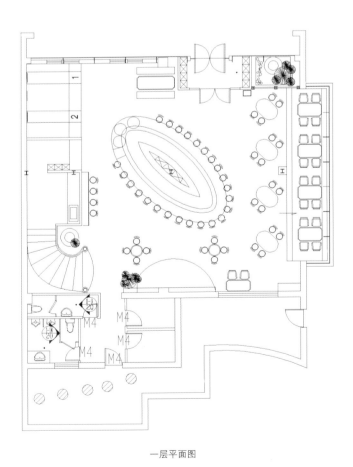

一层平面图

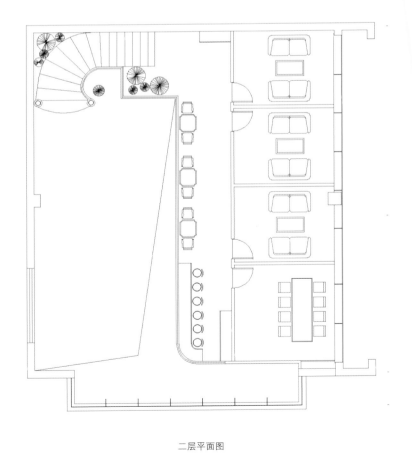

二层平面图

往事酒吧

项目地点：南京1912街区	
项目面积：600 m²	
设计公司：南京汉筑室内设计有限公司	
设 计 师：刘沧	
主要材料：染色水曲柳，石材，皮革，木花格	

　　酒吧大胆地以墨绿色作为主色调，白色和红色穿插其间，彼此相形相配，视觉上极具层次感。老式古铜雨棚和门扇一下就把消费者拉到了20世纪三四十年代的老上海。小型的酒吧里，背面临窗的区域为2个卡座，公共区域居中位置设有亮丽的舞台，既活跃了气氛，又拉近了与客人之间的关系，客人可以登台和歌手一起唱响往事之歌。当夜色降临时，华美迷离的灯光会为人们引路。华丽而多变的纺织品及怀旧的皮革在空间的装饰中扮演了重要的角色，大红大绿的色彩、古典的图案以及设计师出人意料的使用手法，往往带给推崇夜生活的人们以难忘的惊喜。

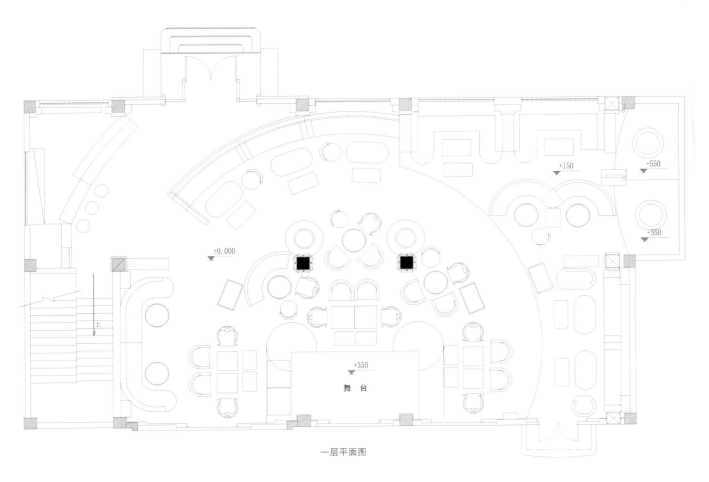

一层平面图

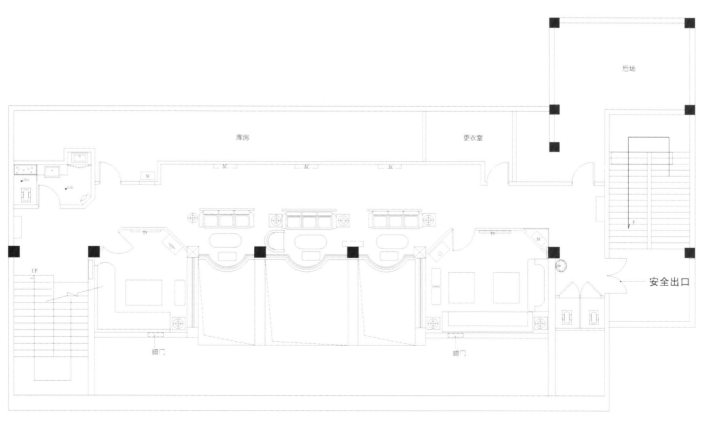

后场

库房

更衣室

安全出口

UP

TV

暗门

暗门

二层平面图

苏州乱世佳人酒吧

项目地点：苏州金鸡湖1912街区

项目面积：1080 m²

设 计 师：刘沧

设计公司：南京汉筑室内设计有限公司

主要材料：橡木，石材，皮革，防火木皮板

　　本案设计之初，设计师就想要寻找一种对于设计最正确的理解。设计师和业主进行了多次深入沟通，最终决定抛弃所谓的流行语言，用当下最经典的古典传统设计手法去诠释这个酒吧。

　　苏州乱世佳人酒吧位于苏州金鸡湖畔的1912商业街区，当你一进入街区就会被一幢中世纪的古堡建筑所吸引，英伦古堡建筑外观会让消费者情不自禁地想进去一看究竟，推开重重的金属镶嵌玻璃门，映入眼帘的是橡木护墙、拼贴复杂的石材地花、精细的木质雕花、精挑细选的古典灯具，每一件都让人感觉到有一股自然古朴的味道向你涌来。经过楼梯来到二楼酒吧区，迷离的灯光可以让你瞬间感到视线的恍惚。仿古木梁、蒂凡尼吊灯、用心设计的柱子和圆拱，这些仿佛都在诉说着这里以前发生过的传奇故事。

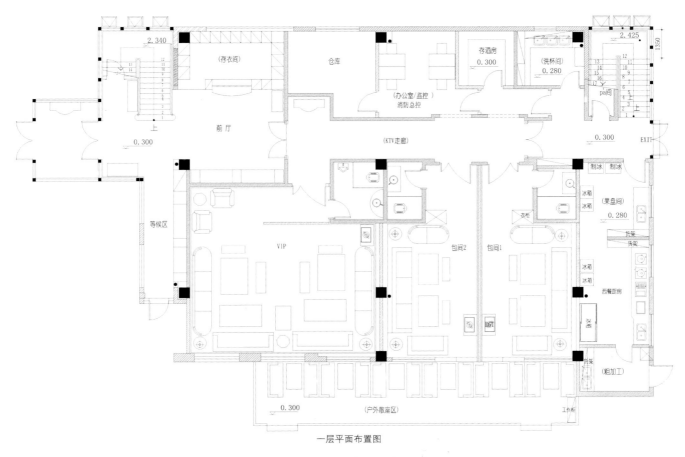

一层平面布置图

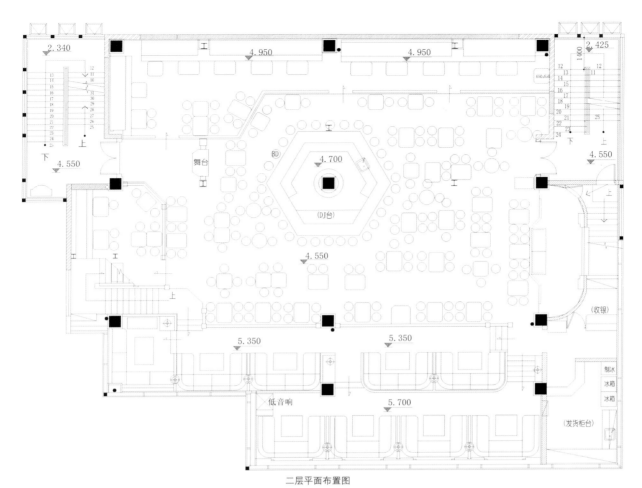

二层平面布置图

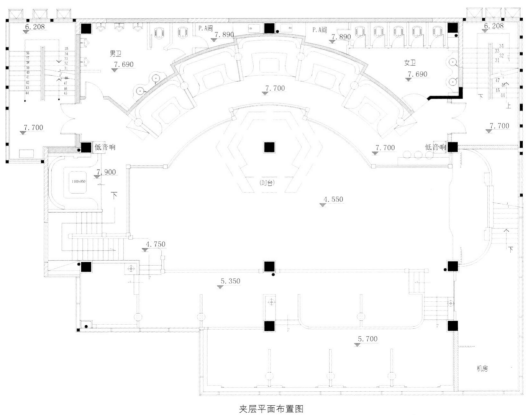

夹层平面布置图

CLASS

EXAMPLES

DESIGN

ICAL

F INTERIOR

夜店

观澜畅想国度KTV

项目地点：深圳市宝安区观澜镇

项目面积：2 600 ㎡

设计公司：深圳市吴羔装饰设计工程有限公司

主要材料：玻璃，石材

本项目设计师力争为消费者带来的是一个充满现代和时尚气息的KTV空间。

在KTV的大堂及超市处，设计师都做了一些船的造型，并以此为主题向外延伸，让蓝色成为公共空间内的主色调，还在部分空间做了玻璃网格磨花，使得每一个来此的客户都有一种仿佛在大海边倚着渔网放声歌唱的感觉。

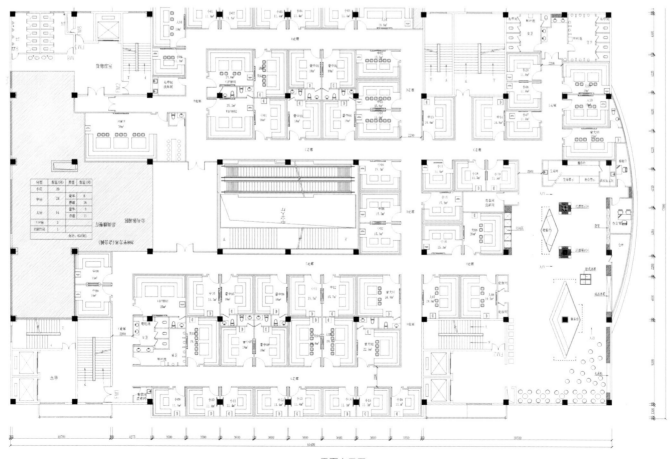

平面布置图

麦乐迪KTV中服店

项目地点：北京市朝阳区国贸

项目面积：3 300 m²

设计单位：睿智汇设计公司

设 计 师：王俊钦

主要材料：人造石材，石材，不锈钢，玻璃导板+LED，
镜面不锈钢激光冲孔，激光雕刻喷涂，皮革，
黑镜，防火板

　　流星是运行在星际空间的星体，它会在夜空中划过产生美丽的光迹。流星闪烁耀眼，璀璨夺目，让人大开眼界。流星寄托着人们的美好愿望，爱情的承诺如同来自台湾设计师王俊钦对本案的期望，在电影阿凡达中找到了流星雨般的梦幻，让空间由内而外为之惊叹，散发耀眼的光辉。

　　麦乐迪KTV中服店约3 300 m²，地处北京CBD国贸商业区。市场定位为中高端市场，消费群体集中于城市都会男女，因此台湾设计师王俊钦根据市场定位创造个性与特点，突出梦幻与时尚，使得中服店在周围顶级娱乐场所中脱颖而出。设计师的目标就是要创造出一个现代而时尚、具有内在梦幻元素的摩登场所。采用各种设计手法打造出空间的奇幻景象，每个视角都能引起客人惊艳感觉，这也满足了业主的商业需求。

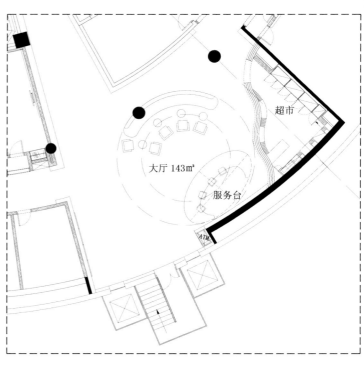

平面布置图

　　踏入大厅，"流星雨"吊顶、LED 3D墙面、"冰砖"与金属环造型墙的立体结合，会使你为仿佛踏入宇宙梦幻之景而惊叹。大厅顶部用质感坚硬的拉丝玫瑰金呈现出曲线柔美之势，时而狂热，时而含蓄；曲线的流动之势，体现流星之速度，产生在宇宙中所看见的亮光之感；流星产生的黄色的光则用玫瑰金材质体现。整体用流星雨吊顶来呈现，流星雨所通过的轨道上留下千万条持久的余迹，就像有流星数千万，或长或短，或大或小，并西行，至晓而止，流星雨的出现，场面相当动人。"流星雨"天际延伸尽头则是电视屏幕，其间狭长的走道像是MTW(Miss Tourism World 世界旅游小姐大赛)走台一样，跟随着屏幕影像的气氛，行走其间，仿佛你就是备受瞩目的主角，空间变成了承载"主角"们的容器，在灯光的变幻下，在音乐的起伏中，让女人在梦幻和现实之间游走。大厅中间的3D LED 灯光造型墙也是大厅中的亮点，它是大厅中间演绎的宇宙之景。用LED灯光与亚克力材料的层叠结合，不断变化的各种图形与色彩，营造出动感的奇幻宇宙空间，让你身处神秘梦幻之地。金属环造型在黑色麂绒布的衬托下更显高贵，金属环阐述着财源之意，欲望与淡泊，漠然与惊艳，只有开始，却不见落幕……

　　接待台顶部利用空间的高度优势，在流星雨元素的基础上设计了包层的结构，像飞翔中的金凤凰扇动的翅膀，气势恢弘。接待台的设计是通过五彩缤纷的LED灯光与其形似"冰砖"的玻璃材质融为一体，同时与冰砖墙面的呼应如同形影相伴，在体现时尚的同时表现了均衡的形式美。在这一刻，冰砖通过不同灯光色彩演绎，光效透过玻璃彰显出它的冰冷和异域之情。人的心情也因此受到舞动，时而热烈、欢快，时而安宁、深远，如同进入了新纪元之地，感悟宇宙的深度。

　　主走道墙面和超市都采用玫瑰金镜面不锈钢垂板等材质，把大厅的流星雨延伸到此，加大了视觉宽度，更显张力，主走道墙面与顶面茶镜材质相呼应，相得益彰。包厢门头处延续流星雨元素，以奔放的节奏一泻而下，像流星滑落时一样绚丽缤纷。男女卫生间空间也延续了"流星雨"元素，如音乐般流动下来的金属线条错落有致。大面积玻璃的设计反射空间内的金属线条，这样的结构关系，深化并放大了视觉空间，有了全新的意境。顶面的金属线条质感与下面洁具质感的呼应设计手法使空间更加协调。包间的设计同样富有特色，突出主题。有的区域用背景墙延续"流星雨"风格，大波浪舞动，激发人们情绪的释放。这种玩乐的方式极具时尚感，超前的设计意识显而易见。

　　流星雨彩光万缕，正如麦乐迪KTV中服店划破寂寥的夜空，光彩夺目。设计效果延续了麦乐迪"安全、健康、欢乐、时尚"的宗旨，有着浓浓的时尚与梦幻色彩，迎合了都会男女的心理需求，以一种完全迥异于其他娱乐场所的特质呈现于世人面前，让人回味。

麦乐迪KTV朝外店大厅改造

项目地点：北京市朝阳区朝外大街

项目面积：550 m²

设计单位：睿智汇设计公司

设 计 师：王俊钦

主要材料：氟碳喷涂铝型材，不锈钢，LED，

玫瑰金镜面不锈钢，茶镜，麂绒布

　　娱乐空间再改造对于设计师来说往往是件很难的事情，打破原有构造，重新植入新的设计元素，并使之整体和谐共存，是一个极富挑战的过程。本案是麦乐迪KTV朝外旗舰店，它地处北京市朝阳区朝阳门外大街中心地段，紧挨蓝岛商圈，原装修于2000年完工，此次设计是对已有十年之久的建筑场所改造，其目的是进一步提高在娱乐市场的竞争力。原有的主题为"航舰"，因此，本次改造方案的设计重点仍是以"航舰"为主轴出发，从客户成本预算上考量，更好地把大厅原有造型与新的中央大厅之间处理连接好，使之成为统一的结合体，与保留空间达到内外交融的基础上突破想象力，修改后的整体方案更多体现麦乐迪现代时尚风貌，给麦乐迪人以惊喜重生的感觉，这固然是一次艺术境界的升华。

　　设计师王俊钦，将此次设计方案命名为"流光溢彩"。其中，"蔚蓝的海水"、"蜿蜒的海岸线"、"海洋浪花"、"海底氧泡"都构成了设计元素。回旋起伏的"海浪"是贯穿主题的关键。运用了独立、串联、切割等设计手法牵引各种设计形态，连接或区分各个空间，并使现有设计与原有空间达到相互渗透、珠联璧合的状态。对于消费群体以都会男女为主的市场定位，"流光溢彩"的照明设计也很好地对此加以诠释和映衬，LED灯光的运用将整体空间的变化勾勒出来，再通过镜面不锈钢、玻璃等反光好的装饰材质将灯光作多元化的放射。

　　大厅旧有造型大理石镂空屏风气势非凡，直冲天顶。进入大厅，接待台的设计独具匠心，整体以"船"的形态展现，运用大理石材质配合层叠的LED灯光，灯光呈波浪舞动，彰显海浪气势，一下子把人的视线卷入了大海的深处。在接待台顶部的设计中，由于原有大厅建筑空间高度的不足，因此采用了茶镜玻璃材质，在反射了绚丽灯光的同时，加大了视觉空间感和张力，使人感到轻松自然和情绪释放。主走道墙面运用螺旋形态铝板造型，配合隐藏射灯，错落有致的阴影与高光，规律地沿曲线排列，如同一群在海中畅游的鱼，奔游于浩瀚的大海之中。

　　等候区的柱子是由镀钛镜面不锈钢装饰表面，与固定的波浪造型玻璃一起，呈现出海洋浪花的立体与动感。玻璃内侧的LED灯光变化莫测又明暗有致，带来了不同的氛围体验和场景效果，宛如海底世界中的色彩斑斓，使人的情绪随之舞动。等候区的顶面造型凝结了智慧与技术，圆环造型的茶镜玻璃材质将柱子的灯光向上延伸，中央的上凹造型顶更是设计师精心打造的经典，别致的造型、璀璨迷人的灯光。用于区分各功能区的"氧气泡"形态屏风，既起到了区分区域的作用，又有视觉通透之感，而这一切不是一成不变的，玫瑰金镜面不锈钢材质的选择又将绚丽多彩用于的灯光进行反射，获得了强烈的流动感和生命力，无形地将空间气氛推向高潮。

　　一丝迷离，一丝遐想，一份真实，一份梦幻，凭借设计师王俊钦深厚的艺术造诣，将华丽换装后的麦乐迪KTV朝外店，以全新的气势诠释了热情的娱乐空间。在此，空间在一定程度上脱离了物质性，进入了精神层次的定位，带动并激发人们情绪的释放，这可能是所有娱乐空间的缔造者均想达至的效果，让一切发生得自然而真诚。

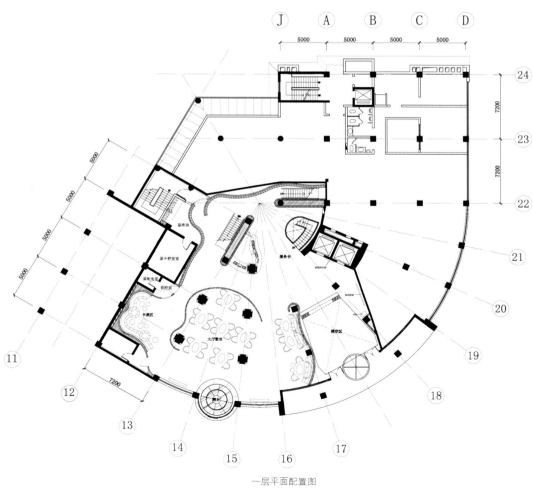

一层平面配置图

深圳市龙岗星天地量贩式KTV

项目地点:	深圳
项目面积:	3 400 m²
设计单位:	香港宝江设计概念有限公司
设 计 师:	孙宝江
主要材料:	仿大理石,玻璃,墙砖

　　本项目位于深圳市龙岗区龙岗街道平南社区建新路38号福临商业城四楼,经营量贩式KTV,新加两部观光电梯。LED的招牌,非常醒目。时尚花纹内透光门头、大厅天花6 mm光镜,更显高大的空间感。独特造型的背景LED编程的灯光变换、造型独特的接待台、全砂金板制作、独到的设计风格,刚进大厅就让客人有些陶醉。左边是观光电梯,从中可以一览外面的夜景。到了四楼,大厅的装饰,让你融入了深圳夜歌的氛围,右边流线型马赛克拼花墙面,有广告电视,下面是一个曲线造型休闲沙发,电梯对面是菱形镜侧面透光,150 mm地台,是用于搞活动时的表演台。地面有600 mm随意透光玻璃,接待大厅中间六边形的接待台采用了天然大理石台面。三个装饰柱上摆上工艺品或鲜花,立面用钛金马赛克,集高档、简洁、时尚为一体,中间六边形柱用大理石饰面,上面设计了六个向下25度斜面电视。花瓣造型天花,一层一层在灯光的衬托下格外醒目。由于天花的高度限制,设计师把天花全部采用光镜,更显天花的高度反射,让客人到了大厅,显得空间更加宽大。地花选取与天花一样的图案,采用人造大理石电脑切割拼花。柱子用大理石饰面,正面还有玻璃磨砂图案内藏LED灯光,柱头用人造透光云石内藏LED灯光。走道上用圆形、椭圆形、半圆形造型,采用茶镜条装饰,造型别致。包房有多款设计风格,分总统房、VIP房、大房、中房、小房和迷你房共75间。

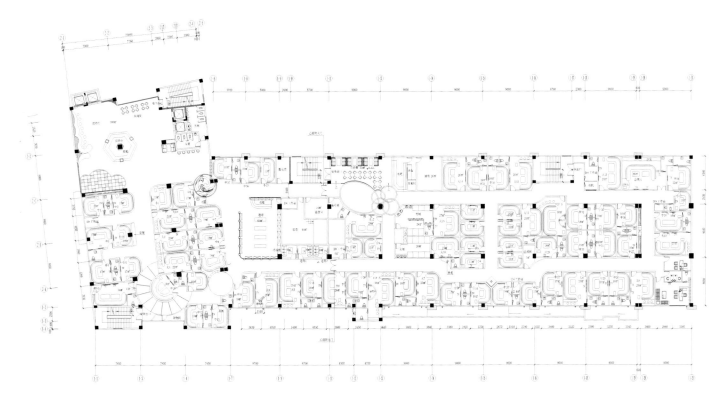

四层西区平面布置图

绵州酒店KTV

项目地点：成都市

项目面积：1 000 m²

设计单位：成都世典酒店设计顾问有限公司

设 计 师：彭彤，王曾红

主要材料：黑化石，咖啡色石材，水曲柳面板索色，

雀眼面板索色，布料，皮革，不锈钢

本案位于繁华都市一隅，拟营造一种高贵、刺激、张扬的空间氛围，给当代精英们提供一个释放自我的空间。

该空间融入了具有宫廷历史底蕴的精神气质，不会去追求某种风格，而是通过精神的内涵，让人们感悟空间语言所激发我们心灵深处那种莫名的悸动，它可能是悠远历史的凝重，也可能是时代信息化的激进。

——动静之间，左右逢"缘"的空间设计。

随着生活水平的提高，人们不再一味地追求物质享受，而是更注重精神上的追求，这是一种朦胧的追求，是人们身处一个空间，隐隐约约感觉到的一种精神上的情感，是潜移默化的一种感动。设计师不再强调固定的风格流派，而是取其精华，去其糟粕，运用夸张的墙面宫格、放大沙发靠背等设计手法，并有序地将灯光、音乐、环境进行重叠，全面调动参与者的视觉、听觉、触觉神经，使自我得到淋漓尽致的放松。

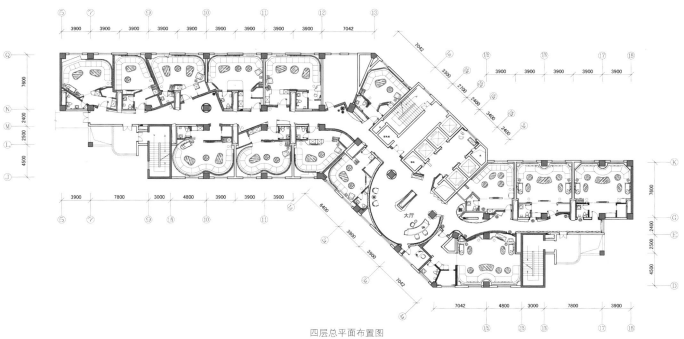

四层总平面布置图

——画龙点睛的艺术元素。

　　开放的空间，温馨与时尚并俱。艺术性的元素一直贯穿整个空间设计的始终，同时又创造性地表达出各个功能区不同的感情色彩。画壁上，女子造型显得风韵万种，而又温馨浪漫，在空间中随处飘逸着；造型别致的宫格吧桌，仿佛在情景中有了灵魂；不同材质不同颜色而统一于共同的摆件，在空间中无处不现；像鲜花一样争艳的地毯，配合着典雅灯饰，生机无限的高贵气氛体现得淋漓尽致。

　　本案的设计，演绎了一种全新的生活方式，以炫和奢为创作原点，摒弃了传统的风格论，强调了看似简单而并不简约的手法，从人的六感出发表达了极为精准的空间感受。

园林大酒店KTV

项目地点：广东江门

项目面积：2 500 m²

设计单位：江门市澳码斯装饰设计有限公司

设 计 师：王飞

主要材料：玻璃，不锈钢，软包，大理石，LED等

　　本项目利用了光的散射、反射、直射的特性制造气氛，内部使用了大量加强光线效果的装饰材料，把空间装饰得豪华、高档，给人以幻觉般的美妙感觉。整个夜场的空间造型以破碎的图块为主，但是同时强调一种次序的节奏感。音乐灯光的启动会带来一种强烈的节奏感，让身处其中的消费客户身体随之不由自主地摆摇起来，直至情绪高涨。这就是夜场设计所需要的效果。

　　在材质选择上，设计师采用了当前夜场设计的常用材质：镜面、不锈钢、玻璃、皮革、大理石、幻彩LED等，色彩运动味道十足。人生得意须尽欢，就在这里放弃矜持，甩掉拘谨，释放个人最独特的魅力吧。

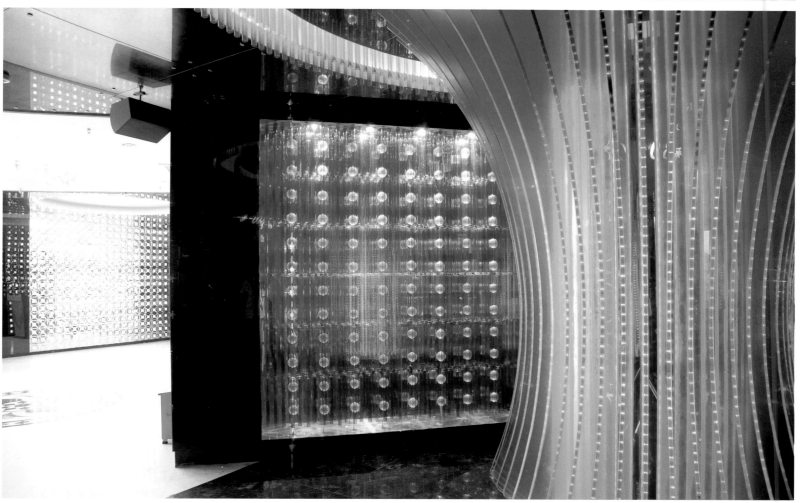

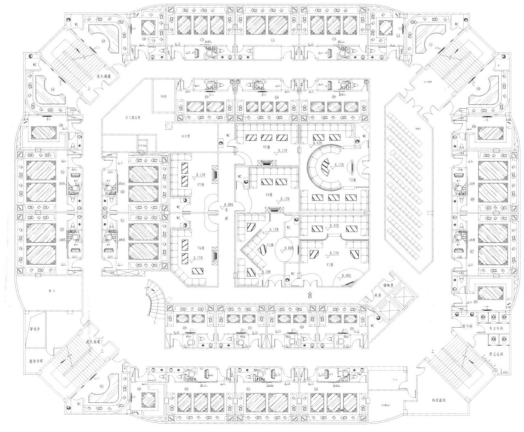

二层KTV平面布置图

室内设计 | 酒吧·夜店

国会国际娱乐会所

项目地点：绍兴市

项目面积：4 850 m²

设计单位：集典装饰有限公司

设 计 师：韩军，陈方

主要材料：玉石雕花，米黄，阿富汗金花，定制实木饰面

　　绍兴国会国际娱乐会所，位于浙江省绍兴市胜利东路迪荡新城，建筑面积4 850 m²，内设大小包厢35间。绍兴市经济发达，娱乐行业盛况空前，该地区已有很多风格迥异的高级娱乐场所。本会所在设计中市场定位很明确，完全颠覆以往的偏重娱乐性设计——简约大气、宁静奢华，只为少数高端商务人士服务，给人仿佛置身宫廷般的贵族享受。设计师在地面采用大面积石材雕花，石材以玉石为主，配以米黄、阿富汗金花等高档大理石；墙面采用大面积成品定制实木饰面，部分金属构件和玻璃结合，部分玉石镶嵌，耐久易维护。顶面充分利用层高优势，主体采用现代欧式白色结构，配以部分油画和部分贝壳马赛克点缀，彰显高雅华贵的气质。

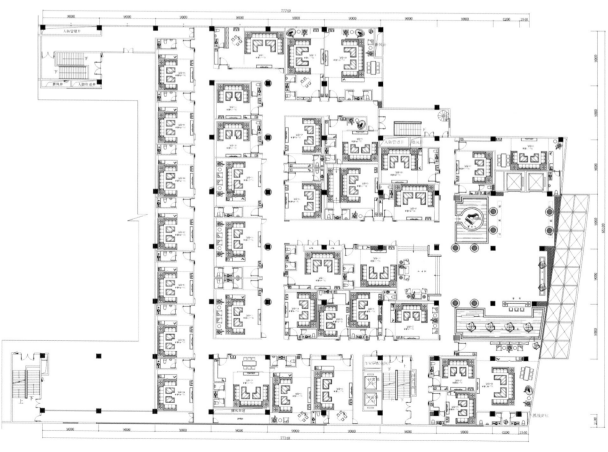

会所平面图

星光大道娱乐会所

项目地点：丹阳市

项目面积：2 850 m²

设计单位：集典装饰有限公司

设 计 师：王国良，陈方

主要材料：大理石拼接，阿曼米黄，洞石，古木纹，

深浅咖网纹少量阿富汗金花，成品PV淋漆板，

玫瑰金，茶镜，布艺硬包

　　星光大道娱乐会所，位于江苏省丹阳市城南，建筑面积2 850 m²，内设大小包厢29间。丹阳市现有娱乐场所较多，但尚处于起步阶段，本会所在设计中充分考虑当地实际情况，用较低的投资成本，以奢华、妩媚、娱乐性与陈列感，明显区别于其他场所，成为该地区娱乐行业的一枝奇葩。

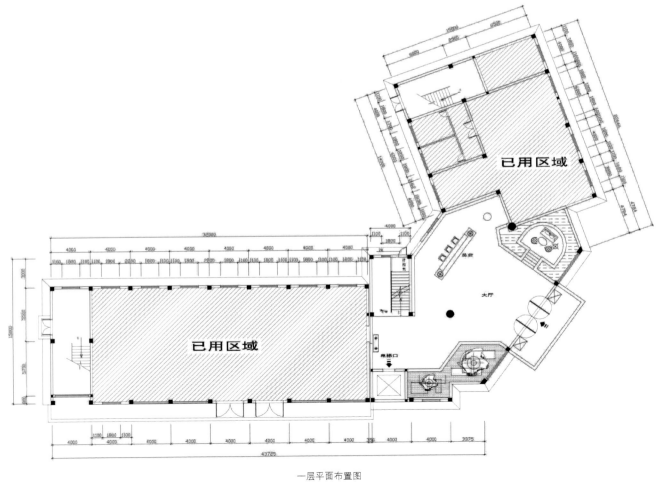

一层平面布置图

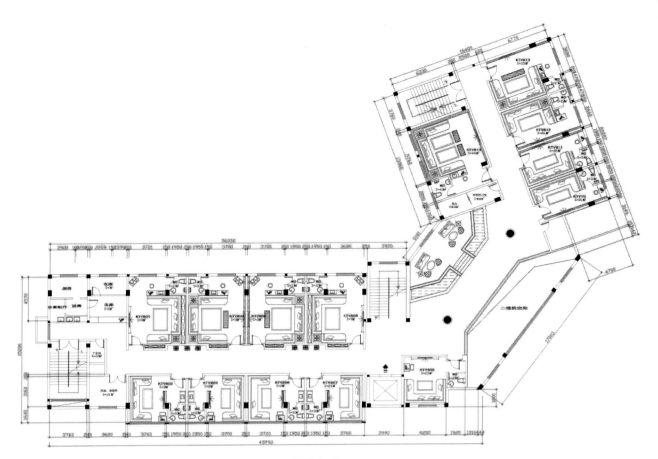

二层平面布置图

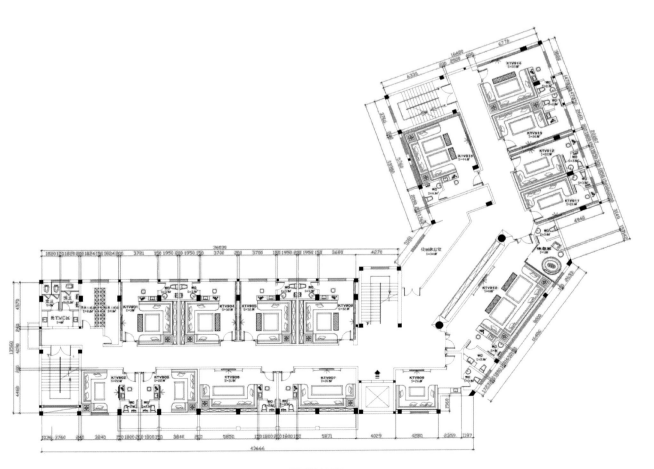

三层平面布置图

江西九江八号公馆

项目地点：江西九江

项目面积：4 200 m²

设计单位：深圳唐格室内装饰设计有限公司

设 计 师：刘奕斌

主要材料：亚克力，镜子，羊毛地毯，艺术玻璃，
水晶，马赛克，不锈钢，LED

    本项目在江西九江市商业中心地段，属于九江最豪华的娱乐会所，占地约4 000 m²，共45个包房。设计师应用大量的镜面、艺术玻璃、水晶等材料，展示出空间新潮时尚的商业性质；同时纹样的选择、古典油画镶入式的应用、欧式线条角线的衔接等方式和手法又给空间带来高贵的贵族气质和文化品位。

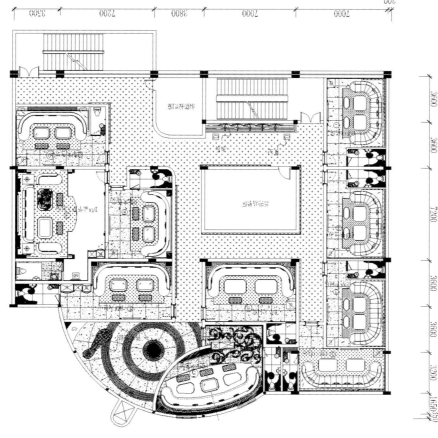

平面天花总图

成都蓉城印象KTV会所

项目地点：成都

项目面积：1 300 m²

设计单位：香港喜力国际装饰设计股份有限公司

设 计 师：张玺，徐懿

主要材料：石材，玻璃，不锈钢，砂岩，圆雕，浮雕

成都蓉城印象KTV会所是蓉城印象国际酒店投资的高端娱乐项目。室内设计秉承"时尚、典雅、凸显成都文化"的原则，不懈追求打造成都高端娱乐会所。

本案位于成都市清水河路蓉城印象国际酒店四楼，建筑面积约1 300 m²，总投资400余万元。室内设计巧妙地将简欧风格与成都本土文化完美地融合，展现出传统文化在现代都市中的新灵魂，体现了娱乐空间特有的氛围。在文化主题确定方面，本案选择了以成都市树——银杏树、市标——太阳神鸟图案、市花——芙蓉花、最古老的建筑元素——汉阙等加以抽象变形，融入现代简欧风格，给人耳目一新的感觉。

项目在空间布局上重点打造大厅、通道等公区部分，景观休息区、吧台、出品台、待工房、办公室、音控监控室、保洁室、包房等各个空间布局合理，各个独特空间互相穿插，最大限度地使用了营业面积。

本案最大特色：（1）在对于超低层高的处理（大厅，通道层高仅2.3 m），完成后视觉效果达到4.6 m，完全没有超低层高带来的压抑感；

（2）将简欧风格与成都具有典型代表意义的本土文化进行巧妙地融合。

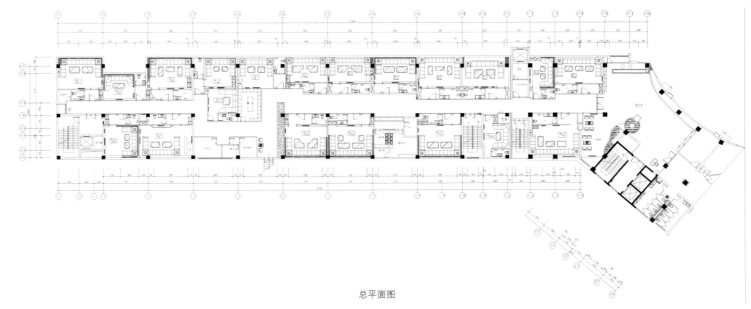

总平面图

成都西城国际会所

项目地点：成都
项目面积：4 000 m²
设计单位：香港喜力国际装饰设计股份有限公司
设 计 师：张玺，徐懿
主要材料：米白洞石，木饰面，砂岩，镜片，不锈钢

　　西城国际会所定位于成都最高端的商务KTV会所之一，本案位于成都市金牛区永陵路9号黄河商业城内，总面积约4 000 m²，总投资2 000余万元。通过对目前高端娱乐会所的分析，寻求了一种新的设计思路，摒弃了冗杂的硬装造型，凸显现代都市快节奏的简练风格，使用了高端天然装饰材质、简约而大气的风格、独具特色的软装饰品，造就了一个干净整洁、别具一格的娱乐空间。

　　在文化主题选择上本案以花卉为主题，通过大厅吧台的花篮造型，花卉主题的油画及饰品贯穿于整个空间之中。让消费者在愉悦消费的同时，感受一种寓意深刻的文化。

　　本案最大特色：

　　（1）大厅、休息区采用了两层楼挑高处理，配以简约欧式穹顶及豪华珠帘水晶吊灯，营造一种大气而柔美的氛围；

　　（2）大厅吧台以一个大型花篮圆雕作为大厅一大艺术亮点，寓意员工犹如美丽的花朵，花篮犹如聚宝盆；

　　（3）挑高空间立柱为了取得完美对称效果，又不挡住视线，采用了虚拟空间原理，塑造了一根断裂的水景柱，达到了一种绝妙的创意效果。

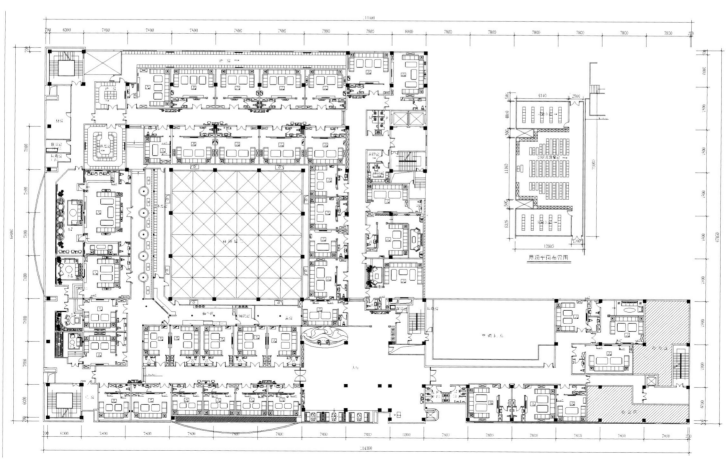

平面布置图

广州喜聚PTV

项目地点：广州

项目面积：7 300 m²

设计单位：广州筑汇设计有限公司

设 计 师：郑天

主要材料：大理石，玻璃，石膏板，皮革，木屏风，黑机片，水晶灯，LED

位于广州市天河北路163号的喜聚PTV是郑天及其团队在2011年的又一力作，在这部作品中可以看到设计师的手法更为纯熟挥洒自如。

走进喜聚就是三个相连的大厅，镜面造型天花、巨型的水晶吊灯、统一的实门木线使三个大厅浑然一体，如此空阔的空间，气势恢弘又富丽堂皇，立即定位了喜聚的不凡档次。

雕塑是最常见的元素，此次同样专为喜聚定制的六个歌者雕塑依次列入入口大厅，她们身着五颜六色的衣裙，似在忘情歌舞又似在热情召唤每位踏入的客人，既切合喜聚的主题，又符合PTV的气氛。

推开每间PTV的房门都会有不同的惊喜，各种材料LED、玻璃、皮革、金属、木雕、刺绣……各种造型，卡通的花朵、时尚立体感的相片墙、动感的蜂巢造型、传统的回纹、祥云、木格屏风、书法……传统的、现代的、古典的、时尚的，似乎不相干无法调和的元素在设计者的手中纷纷化为神奇。每间房都有不同的主题，战争的、电影的、恋爱的……每间房都有不同的感觉，浪漫温馨的、高贵典雅的、时尚动感的……而所有的空间都有相同的元素贯穿其中提醒着你，这里是喜聚。包罗万象又浑然一体，这就是功力所在。

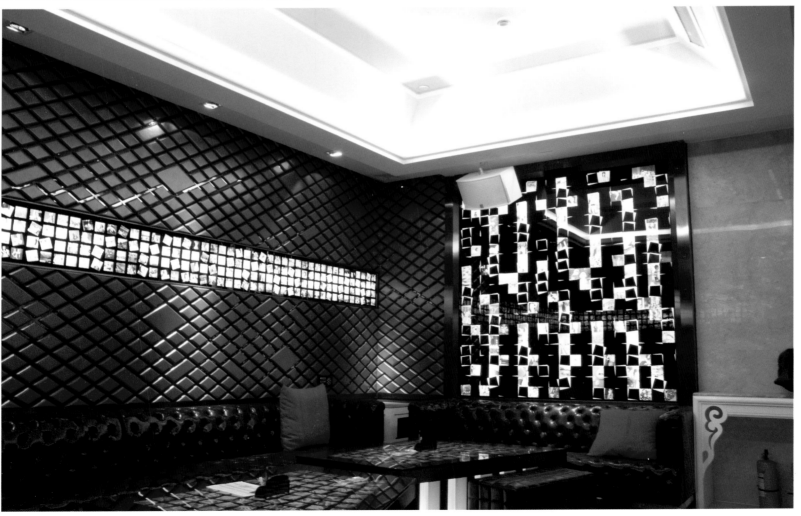

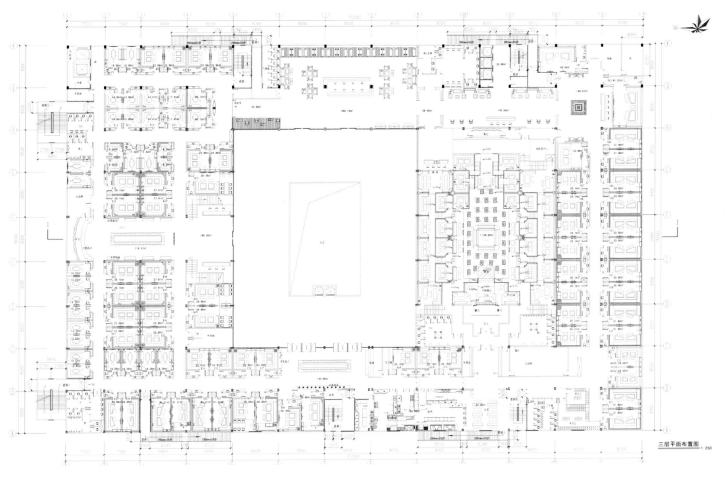

三层平面布置图

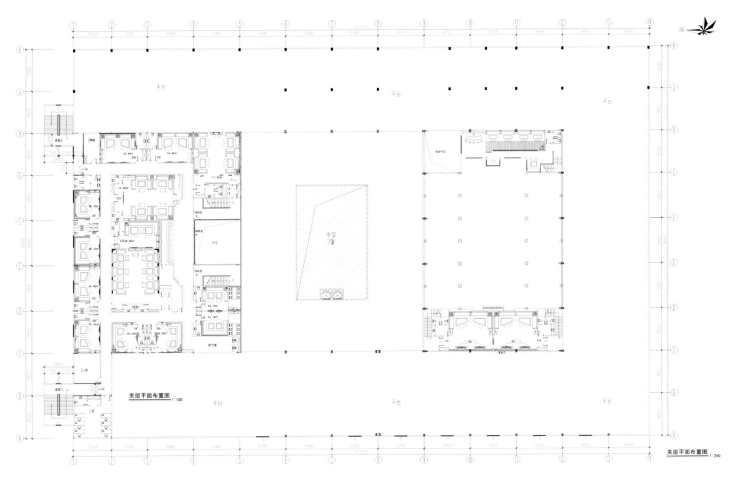

夹层平面布置图

18号俱乐部

项目地点：广州

项目面积：8 863 m²

设计单位：广州筑汇设计有限公司

设 计 师：郑天

主要材料：大理石，玻璃，石膏板，皮革，木屏风，

黑机片，LED

　　18号俱乐部是散落在天河全新楼盘中的全国三大顶级私人俱乐部之一，是一间集娱乐与商务于一体的高级会所。每晚，它都用独特的紫色LOGO预示着一场尊贵的视觉盛宴。

　　18号俱乐部开业以来，以天河为代表的高消费群体终于找到了自己的福地，瞬间变得活跃起来。以酒红魅紫的灯光装点神秘的炫黑，暧昧的信息直指人心。深色调的空间中，18号俱乐部以惊艳的姿态告诉你什么是极致奢华。49间VIP包房，每一间都各有特色，绝不雷同。墙壁上斑斓妩媚的色彩，耀眼纷呈的灯光，闪闪生辉的水晶，妖艳精致的靠垫，极具代表性的茶几图案，随处散落的火焰图案纹理，在灯光的衬托下充分展现出它们的娇艳，含蓄地表达着夜晚神秘迷离的气息。

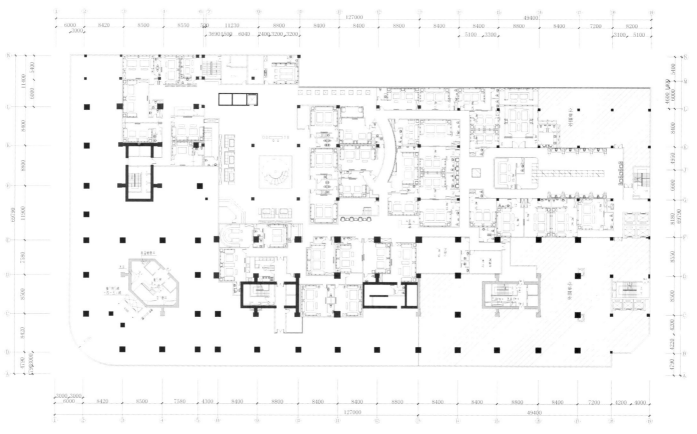

四层总平面图

莱宾斯基俱乐部

项目地点：广州

项目面积：4 350 m²

设计单位：广州筑汇设计有限公司

设 计 师：郑天

主要材料：大理石，玻璃，石膏板，皮革，木屏风，

黑机片，水晶灯，LED

广州莱宾斯基俱乐部位于广州市白云区岗贝路，共九层，是一间附有KTV会所、休闲水疗、客房等集商务活动及住、娱、休闲于一体的娱乐空间。

设计风格奢华而富于艺术气息，巴洛克式的椅子、水晶吊灯、巨幅油画、造型玻璃，不同色彩的LED灯光、皮革装饰、中国特色的京剧脸谱，各种元素各种材质都在这里融为一体，既现代绚丽又不失文化底蕴，看上去处处都有一番景致。

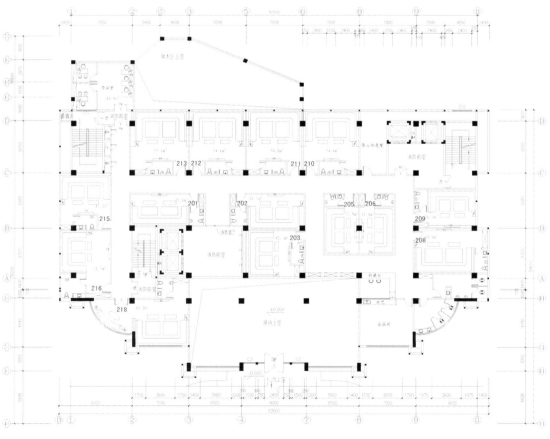

平面布置图

港湾夜总会

项目地点：天津市南开区水上北路

项目面积：600 ㎡

设计单位：天津BOB装饰装潢有限公司

设 计 师：王雪峰

主要材料：水晶吊链，玻璃钢，玫瑰金不锈钢

　　本案是港湾夜总会其中一层改建翻新项目。为了吸引更多青春时尚的年轻人，在这个俱乐部里，设计师精心打造了一套奢华的完美空间，将每一道精雕细琢的细节和耐人寻味的艺术氛围融入到高品位的生活之中。虽然空间不是很大，但设计师力求在有限的空间创造无限的美，使整个空间在绚丽中飘逸出典雅的情致，在灵动中闪耀着奢华与尊贵的气息，让每位顾客流连忘返。

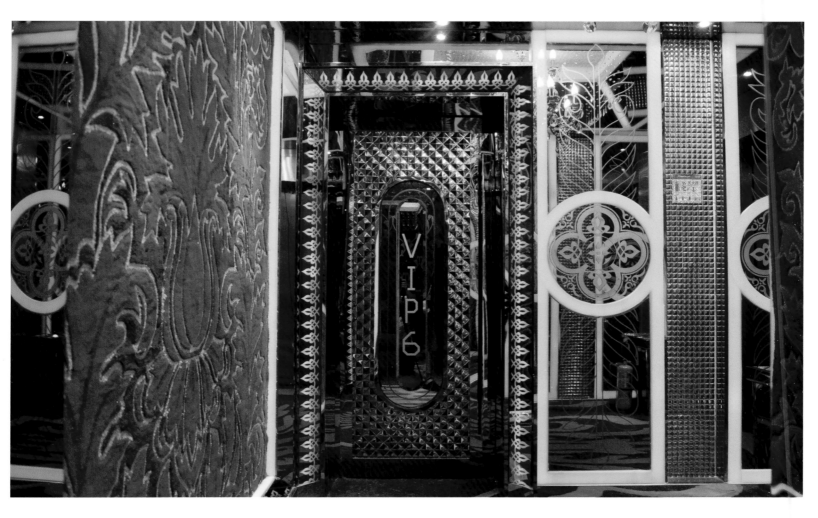

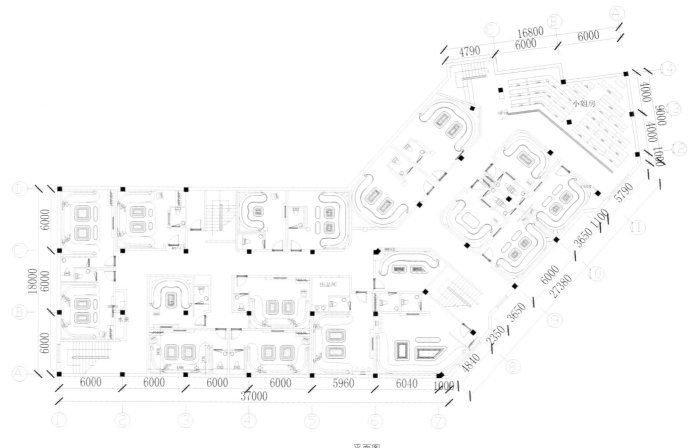

小姐房

出品间

平面图

朋友韩式夜总会

项目地点：天津市河西区韩国城

项目面积：1 000 m²

设计单位：天津BOB装饰装潢有限公司

设 计 师：王雪峰

主要材料：车刻玻璃，丝印玻璃，天然透光石，

　　　　　UV大理石板

　　此会所坐落于天津富人商业街区，消费人群主要是商务人士、白领精英。本案突破以往强调绚丽的空间会所，干净单纯的色彩、柔和舒适的光线是主要的元素，营造出一种既豪华大气又奢华尊贵的感觉。当科技融入艺术、古典融入现代、异域文化融入到本土文化、经营理念融入到设计时，设计师成就了这座经典会所。这里是一个温暖的避风港，它收容着备感压力的雅皮士以及来自异国的人们。

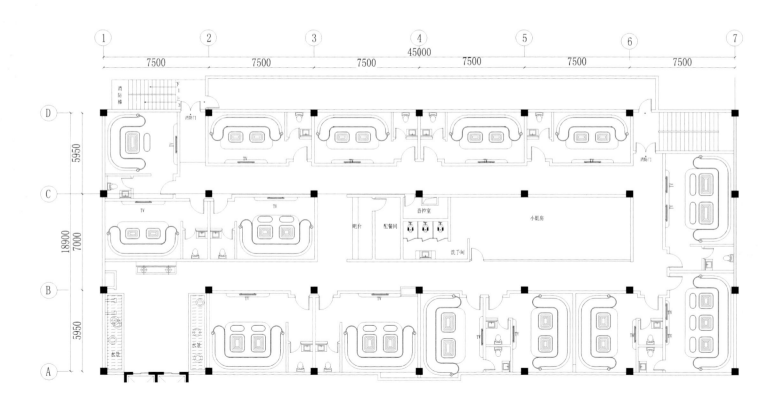

平面图

深圳市斯卡拉演艺吧

项目地点：深圳

项目面积：1 700 m²

设计单位：香港宝江设计概念有限公司

设 计 师：孙宝江

主要材料：大理石，钛金，效果玻璃，玻璃钢倒模，LED

　　本项目位于深圳娱乐行业前沿之都——华联大厦，总面积1 700 m²，以演艺为主题的全新概念，运用欧式元素与现代LED灯光的配合，充满了激情的领域，伸缩的舞台，高清的LED屏，背景设计了几块组合的移动动感屏，舞台的中心还设计了一个升降舞台，展现主角的风采，八条加了翅膀的罗马柱，让整个场景飞腾起来！闪亮的水晶挂在飞腾的翅膀上，更显闪耀！利用斯卡拉的LOGO元素设计的高吧台和高吧椅，可以看得出设计的用心，涌入其中，更显完美。舞台的对面是DJ指挥台，遥相呼应，使得中间的客人活跃万分。DJ台的背后有酒吧台，透明的酒架摆放着高档的洋酒，让客人一见如故，充满消费的渴望。还专门配备了隔音的电话间，看得出设计师的细心周到。还有休闲区，两边挂有名人墙，DJ台前面有激光表演台，具有新时代的高科技表演；与两边的领舞台相伴，还有美女性感水中舞台，蒙蒙细水洒在美女的身体上。大厅的两边有豪华的包房，从房中的玻璃可以一睹大厅的表演，房中还配备现场导播TV，让客人无论在什么地方，都能共享一切精彩演出。左边的包房之间设计了三个豪华卡座，设计独特成为走道和大厅的亮点，更显客人的高贵与特殊。

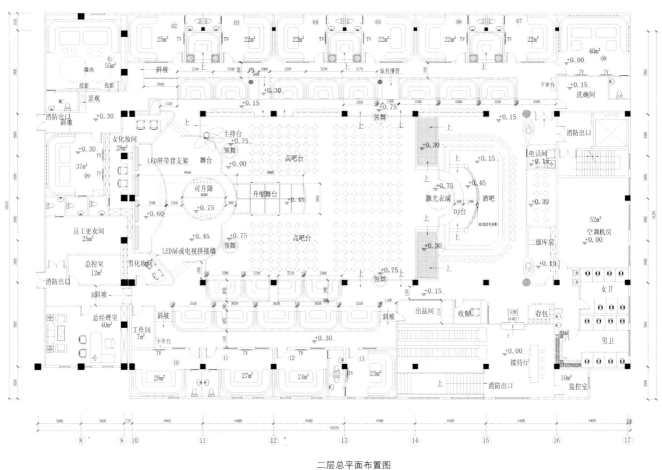

二层总平面布置图

Holiday Club

项目地点：河北省保定市朝阳北大街

项目面积：7 000 m²

设计单位：深圳市新冶组设计顾问有限公司

设 计 师：陈武，张文渊

主要材料：石材，琉璃

　　保定电谷锦江国际酒店由国际光电知名企业英利公司投资修建，酒店采用英利公司自主生产的光电玻璃，利用太阳能光伏并网发电，是世界上首座将不同类型太阳能电池组件应用方式与建筑完美结合的标志性建筑，是国际上为数不多的节能环保型酒店。

　　Holiday Club位于负一层，总面积约7 000 m²，集KTV、酒吧、水疗等综合功能为一体，是目前华北地区休闲娱乐业独一无二的顶级酒店会所。这家充满新古典主义风格的度假式酒店会所规模大，在建筑风格上采用了18 世纪意大利佛罗伦萨别墅意蕴，内部设计突显国际化视野与打造高端品位，分别以好莱坞经典、南美风情、卡萨布兰卡及沙漠绿洲等为主题，在强烈视觉对比下演绎了一场前所未有的新古典曼妙风情。

　　步入大门，意大利大理石铺满地面及硕大的柱子，耀眼夺目、极尽奢华，一场至尊探秘之旅由此展开。矗立在前厅的巨型青铜金狮雕像，高5 m，重达1.2 t，形态参照美国拉斯维加斯美高梅金殿的著名金狮青铜雕像，由铸造香港天坛大佛的南京著名雕塑艺术坊制造，气势十足、尽显尊贵。

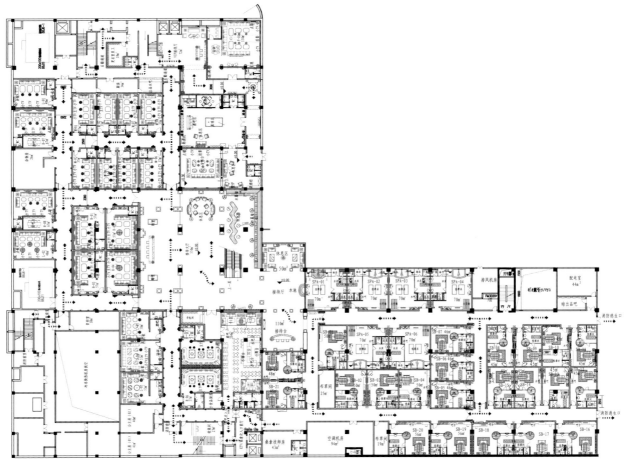

平面图

随后来到天幕广场，奢华无比，18k真金箔贴制天花，充满欧洲文艺复兴时期风情的前厅设计，巴洛克风华绝代的巨型水晶吊灯，在1 500 m²的广场中，再现了里斯本中央车站的华丽气质与葡式浪漫。其8 m层高的空间尺度更是彰显恢弘大气，给予了设计师极大的发挥空间。

精心打造的数间超豪华KTV包房风格迥异，以开阔的空间视野尽展豪华大气。好莱坞经典在这里浪漫上演，卡萨布兰卡传奇在这里动情吟唱，南美热情在这里舞动奇迹，拉斯维加斯狂欢在这里奢华尽显。每一个细节的精心雕琢，让包房的整体魔幻仿佛能带您穿越时空，细数音符跃动。

针对高端客户，会所还配备了SPA水疗房。浪漫简约的欧式布局，舒缓放松的轻音乐环绕着房间的每一个角落，让人完全感受来自视觉、听觉、嗅觉、味觉、触觉、冥想等多种愉悦感官的深层放松。

此外，会所还拥有配套的香槟吧。香槟库以美轮美奂的玻璃酒柜展示一系列香槟佳酿。世界顶级香槟、璀璨玻璃酒柜、St. Louis 水晶香槟杯、瞩目玻璃吧台与12人的亲密座位等汇聚于此闪烁之地。

青铜旧色与柱石脉纹，不时显现经典。古典与现代、历史与时尚、冷峻与浪漫浑然一体。融汇多元，贯穿古今，保定电谷锦江国际酒店会所在夜的魅惑中呈现独有的奢华气质。

假面尊荣会

项目地点：南京曼度街区

项目面积：980 m²

设计单位：南京汉筑室内设计有限公司

设 计 师：刘奎贤

主要材料：黑钛镜面不锈钢，树脂线条，皮革，

防火木皮板，石材

　　假面尊荣会的前身为南京老烟厂厂房，层高4.8 m，设有16间包间、2个厅，每一间的设计元素和语言都不同，但却能有机地融合在一起。设计师通过设计表达了都市人对现代高级商务会所的全新定位，从香槟色到黑色的主色调，到大量使用黑钛镜面不锈钢、石材、定制树脂线条，设计师正在通过自己的方式诠释他眼中的高级夜场。由于局部空间的尺度偏小，所以整体特别强调细节的处理，并将细节作为空间营造的重点。本案设计语言和元素的运用不一定能让消费者想到设计师的原始出发点，消费者也不会去想、求证。然而整体集合起来通过成熟的手法和装饰材料搭配所营造的空间，一定是一个能让消费者赏心悦目、印象深刻的且有品位的商业空间。

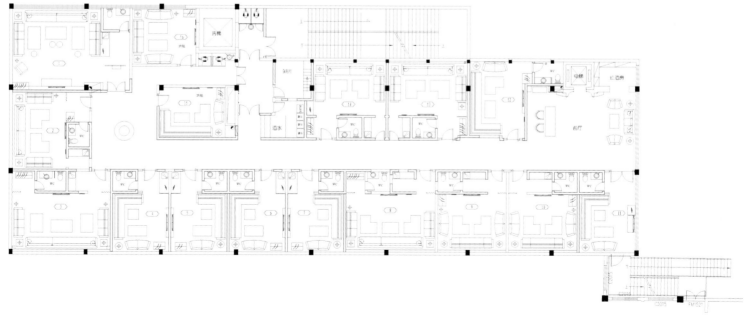

平面图

民国往事会所

项目地点：南京曼度街区

项目面积：1380 m²

设计公司：南京汉筑室内设计有限公司

设 计 师：刘奎贤

主要材料：拉丝玫瑰金不锈钢，树脂，茶镜，
皮革，彩绘，石材

　　民国往事会所设有14间娱乐包间、7个餐饮包间、360 m²的演艺酒吧，是一个小型复合式娱乐场所。在设计之初业主就明确了以民国老上海建筑风格为特点的室内空间氛围。由于场所面积有限又要布置成多功能的综合体，这给设计师带来了不小的挑战，业主对民国文化的偏爱也在很大程度上限制了设计师的发挥。整个设计过程设计师围绕在以"中西合璧"为设计主线的路线当中不能自拔，中西方文化在整个会所中不断地出现，彩绘荷叶与欧式线条、彩绘中式茶几和欧式沙发、中式花格和欧式护墙板，这些都是完美的结合。设计师还通过色彩来对空间调剂，打破沉闷的主色调，呈现具有老上海特色的娱乐休闲氛围。

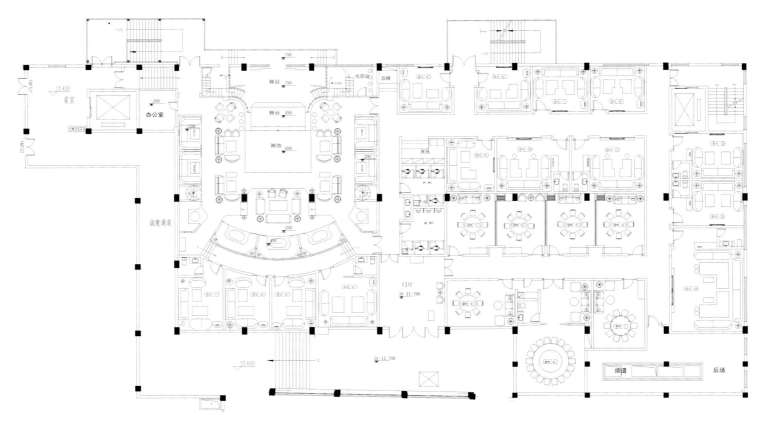

平面布置图

长春红尘马俱乐部

项目地点：长春

项目面积：1 300 m²

设计单位：上海本善装饰设计工程有限公司

设 计 师：江蕲珈，顾双庆

主要材料：金箔，茶镜，樱桃木，莎安娜米黄大理石

　　长春红尘马会所的目标消费者是高消费群体。 而这些拥有社会地位与经济基础的群体，在休闲时非常需要拥有与身份相当的社交氛围。因此，设计师采用了欧洲宫廷的华丽风格作为本次设计的概念。

　　本案的设计不仅为顾客带来一种社会地位的象征，还巧妙地融合了美学艺术。

　　金碧辉煌象征着气势非凡的贵族气息，此区域运用光影投射的技巧将华丽雕花描摹出一幅精致的画作，搭配宫廷式的古典沙发与大理石质感的桌子，在水晶杯具组的点缀下，让这些细腻的设计在微妙的灯光下与空间色彩融合为一。

　　沙发的精致钢琴烤漆搭配古典绣花布面的演绎，大理石乳漆的质感突显着空间的明亮感，在壁面不规格的画框与画作的衬托下，让奢华绝代的风采重现在长春。

　　考究的装饰品衬托出大理石咖啡漆桌子的贵气，法国贵族深爱充满浓郁朱红色的中国风格，朱红色的绒布帘将皇室风情展现得淋漓尽致，气派十足的古典沙发搭配巧妙的灯光呈现，让人置身于前所未有的贵族氛围。

　　透过欧洲古典的装饰手法，正如当年路易十六的皇后——玛利亚用无尽的奢华所营造的贵族氛围，将气宇非凡的空间展现得一览无遗。

广东河源KTV

项目地点：广东	
项目面积：5 000 m²	
设计单位：上海本善装饰设计工程有限公司	
设 计 师：江蕲珈，顾双庆	
主要材料：不锈钢，涂装玻璃，大理石	

河源KTV的包厢巧妙地借用了河源当地美丽的八景东埔春耕、龙津晚渡、燕石长亭、石径樵归、宝江渔唱、桂柚晴岚、梧峰夕照、龟峰宝塔作为设计的主题，借八景中的景色作为设计元素，充分体现了河源八景的美感与特色，更提升了整体环境的设计品位与内涵。而八间包厢环绕着的中央大厅，则正如被八景环绕的美丽河源，充满了让人心旷神怡的无限风光。

233

宁波紫水晶俱乐部

项目地点：宁波

项目面积：3 430 ㎡

设计单位：上海本善装饰设计工程有限公司

设 计 师：江蕲珈，顾双庆

主要材料：金箔，深咖网理石，世纪米黄理石，

透光云石，钛金

　　本案以中西方文化的混搭作为设计的理念，充分满足了高品位、高消费客户的全方位审美要求。
　　细细欣赏俱乐部的内部装饰，我们不仅寻找到了属于东方宫殿式的宏伟，亦感受到了属于西方宫廷的那份奢华，这样一种将中国古典的韵味与欧洲舒适豪华的风格相融合的设计，带给顾客的已经不仅仅是一种消费的乐趣，更是一种独特的休闲生活态度。